Pilang ka Sugid-sugid sa Bibi it Akean

*Mga Abtik nga Sugilanon ag mga
Haiku nga Inakeanon*

W. J. Manares

Ukiyoto Publishing

All global publishing rights are held by

Ukiyoto Publishing

Published in 2023

Content Copyright © W. J. Manares

ISBN 9789360496814

*All rights reserved.
No part of this publication may be reproduced, transmitted, or stored in a retrieval system, in any form by any means, electronic, mechanical, photocopying, recording or otherwise, without the prior permission of the publisher.*

The moral rights of the authors have been asserted.

This is a work of fiction. Names, characters, businesses, places, events, locales, and incidents are either the products of the author's imagination or used in a fictitious manner. Any resemblance to actual persons, living or dead, or actual events is purely coincidental.

This book is sold subject to the condition that it shall not by way of trade or otherwise, be lent, resold, hired out or otherwise circulated, without the publisher's prior consent, in any form of binding or cover other than that in which it is published.

www.ukiyoto.com

Para Kimo, Pod!

Contents

I. Pilang ka Sugid-sugid	1
BUSWANG-TUBI	2
BUO	7
KAT NAGWARANG SI ADANG	10
KAPUEAHON NGA TUBA IT MAGUEANG	15
TINUBOG NGA TALIBONG IT TUMAEAGSAHON NGA TUEABONG	19
TAG EAPSAG PA RO PUSONG NGA SI JUAN	22
SIIN EON SANDAY AMAK	25
II. Sa Bibi it Akean	**Error! Bookmark not defined.**
AB-AB	28
BAEAS	29
BAESA	30
BAKUEOD	31
BAHA	32
BUTONG	33
EUMOS	34
MADAEUM	35
MANABAW	36
TABOK	37

TUBI	38
About the Author	40

I. Pilang ka Sugid-sugid

Kat ginapangaeanan eon it mga Katsila ro mga nasari-sari nga lugar sa Pilipinas, nakadangat sanda sa ibabaw nga bahin it isla it Panay, kon siin may hakita sanda nga isaeang ka magueang nga gapamunit sa suba. Nangutana sanda kon ano ro tawag sa lugar ngato, ag por dahil nga pag-eaum it magueang hay nagapangutana sanda kon ano ro pangaean it suba, sumabat imaw kanda, "Akaean" nga kon eubton hay "bueukaean" (dahil ngani sa kabaskug it sueog ku tubi hay maku gabukae-bukae ro suba samtang naga-ilig). Asta ko ulihi hay gintawag nga "Aklan" ro lugar.

BUSWANG-TUBI

"Brruuugggguuuudddoom!"

"Habati-an mo ro eumupok ngato?" Pangutana ni Sirigoof sa anang asawa nga gapanghugas it pinggan sa lababo.

"Huo, kabaskug git-a ngani." Maabtik nga sabat ni Eyethe kana.

"Ano baea to ay?" Lumitik gid ro ueo ni Sirigoof ngani gumuwa imaw sa andang payagpayag agud mang-usisa.

"Ay, Nakelco, ano eon? Kadueom eumat-a ra! Owa pa ngani ako katapos it panghugas hay..." Gamas-ot gid ro buot ni Eyethe sa gulpi nga pagkapaeong it iwag. May "power interruption" euman.

Rato eon siguro ro pinakaulihi nga reklamo nga habati-an it anang kaiping it baeay. Ginutlo lang parabil maduea ro Nakal sa mapa it planetang Eanap.

Makabangon pa baea ro lugar ngara?

***

Linibo nga dinag-on do nagtaliwan, ro akong papa nga si Thudsun hay imaw ro naninguha nga tipunon ro mga nakatakas nga tinuga sa natabo nga Buswang-Tubi.

Suno sa pagbanabana it among nakaeuwas nga mga katigueangan hay dag-ong 6004 eon makaron.

Ro makahaeadlok nga Buswang-Tubi hay natabo ku dag-ong 2024. Haeos naubos it kaeaeunod ro mga tawo ag hayupan sa ratong makangieidlis nga trahedya. Kaeabanan sa among mga kaigbataan hay nagkaeaeumos. Si Ichlaos eanggid, ro Lolo-sa-dapadapa ni papa ro nakaeuwas hay nagwarang ta imaw sa suba, nagbueubaesa kaibahan ro pila nanang ka amigo.

Kon namati eang kunta ro mga katawhan sa panaeambiton it mga uko ag mga mangilaw hay posible nga owa natabo ro makakueugmat nga Buswang-Tubi.

***

Owa eon kita it mahimo. Mabawi lang kita, ibangon naton it uman ro atong lugar ngara.

Ako si Farrun, isaeang ka Nakalian. Panganay nga unga ni Thudsun. Kami hay mga inapo nanday Sirigoof ag Eyethe, ro mama ag papa it nakaeuwas nga si Ichlaos, among Lolo.

***

New Nakal. Isaeang ka maisot nga minoro nga gintukod it mga habilin nga miyembro it among kawsa. Kaibahan do mga nagkaeain-eain nga mga sahi it ginakangil-aran nga sapat, nabuhi kami nga may sangkurot nga pag-eaum. Ro mga maeai't ginhawa hay nagnami eon ro pamatasan. Ro mga kapre hay gapamutos it rasyon para sa mga imoe nga kaibahan namon. Ro mga wakwak ag mga tiktik ro pinakaabo sa tanan, gaeupad abi sanda. Sanda ra ro mga manughatod nga masaligan.

***

"Farrun!" May limog akong habatian halin sa maeayo. Naglingling ako sa bintana apang owa man it tawo sa among printi. Nagtueok ako sa daean, tapu-tapo eang gid ang hapan-uhan nga nagahueag. Ag mangan-angan bumaskug ro hangin ag may mabug-at nga tumugpa sa among atop. Eumagsak ro mga daan nga sim nga eaum ko ngani ay magabot. May humapon sa ibabaw kara. "Farrun! Ina ka?" Ro limog hay halin sa atop, dikato kampi sa may kusina. "Tingdor? Ikaw ron?" Mabaskug ko nga pangutana. "Huo, ako ra, mig!" Nagsabat imaw. "Iya ako sa akong kwarto, maliya iya!" Sampit ko kay Tingdor.

Si Tingdor hay akong amigo. Imaw hay isaeang ka wakwak. Siguro hay may bag-o imaw nga balita. Kunta hay mayad nga balita ra.

Nabatyagan ko nga may nagsueod sa baeay. Habatian ko ro pagkaeapaeos it mga eansang sa bintana. Owa gid gihapon nagbag-o ro hueag it akong amigo ngara. Ayawan euman ako it kay-ad kara hinduna.

May nanuktok sa puetahan it akong kwarto. Dinali-dali ko it bukas ag maku maeumpat ang tagipusuon sa kalipay dahil iya si Tingdor, ro akong amigo nga wakwak.

"Kamusta eon, mig?"

"Mayad man, mig?"

"Sueod anay, pasensya gid kon gakaealhit ang mga gamit, huh."

"Owa it kaso, mig ah."

"Ano kunta hay?"

"May akong ibalita kimo, mig!"

"Ano ron, mig?"

"Hadumduman mo ro natabo anay kato nga Buswang-Tubi?"

"Huo ta ron, mig! Ham-an ay? Lingkod gali anay agud makaistorya kita it mayad."

"Saeamat, mig. Sa akon abi nga pag-eupad-eupad hay may hapan-uhan ako. May nagaawas nga tubi sa parti it Ayali. Idto baea sa mabueubukid-bukid nga bahin sa tabok it maea nga suba."

"Bukon baea it dikaruyon nag-umpisa ro Buswang-Tubi, suno sa maragtas?"

"Huo, mig, dikaron mismo!"

"Matsa sayod ko eon ro buot-hambaeon karon, mig ah! Maku delikado ta ra!"

"Gin-adtunan ta gid ngani ikaw hay matsa ginakuebaan ako."

"Kunta ag kabay nga indi man! Kunta hay indi eon mauman ro Buswang-Tubi!"

***

Ag gulpi eamang...

Dumueom ro palibot...

Ag dato eon ro ulihing pagkililita nanday Farrun ag Tingdor.

BUO

Gusto ko nga pinasahi git'a ang buo. Ngani, nag-ubra ako it buo halin sa mga daan ng baeasahon. Ag akon eon ngani nga nahuman ro akong papel ng buo.

Bangud ngani nga nahuman sa papel, maugan eang ra ag naingganyo gid ako nga magtago it kwarta nga papelon ag bukon eang it sinsilyuhon. Kanamiton ro pamatyagan sa kada pagsueod it papelon sa maisot nga gabot sa ibabaw nga parti it akong buo. Matsa masiyagwit ako sa kalipay bisan owa raya ga-eagsa. Apang kon imong pamatian it mayad hay may sangkiri man nga kaeuskos ro papelon nga kwarta kon tumugpa eon daya sa sueod.

Nakatipon ako it abung kwarta bangud sa akon ngara nga simpleng upisyo. Tinago ko pa gid sa idaeum it akong katre rayang akong papel nga buo agud indi hikit-an it saeawayon ag malit ko nga igmanghud. Apang nasubuan ako dahil kinaon it anay ro akong buo, ag bangud nga nahuman raya sa papel hay nagkaeaeuspak pati ro mga papelon nga kwarta sa sueod. Nagtilinangis gid ako it duro!

Owa ako nadueaan it pag-eaum. Nag-ubra euman ako it bag-ong buo nga nahuman sa eapok. Sangkurot nga masa-masa ag pueupasilak hay haum eon da!

Inumpisan ko euman nga magtago't kwarta sa akong eapok nga buo. Ugaling hay sinsilyuhon eon ang kaeabanan nga sinueod. May papelon man apang taeagsa eon lang bangud ngani hamadla ako ku nagtaliwan nga haagyan nakon sa papel nga buo.

Nagtaliwan ro mga binuean, may bagyo nga nag-abot ag umagi gid imaw ra sa among euyo. Bumaha it daywang adlaw ngani nag-evacuate kami. Ro masubo eang kara hay halipatan kong bitbitin ro akong eapok nga buo. Ngani asta makaron hay owa ko pa gihapon ra hakit-an.

Sa pangatlong bes, nag-ubra euman ako it buo. Human daya sa sim nga ginunting ag winelding agud magsueueugpon. Abaw, nalipay gid ako it duro! Owa eon it pagkaeuspak ag indi eon da pag-anuron!

Sayod gid nakon nga makatipon euman ako kara it abong kwarta!

Ag dato gid man ro natabo, naabo ro akong kwarta kat masunog ro among baeay. Maemae nga kamas-ot ang habatyagan. Umueahab gid ako!

Dahil ngani nga bukon ako't "mahinang nilalang" sinanda, hay nagtinguha euman ako nga makatipon it kwarta. Apang bukon eon it sa buo... Ginsueod ko lang ang kwarta sa GCash.

Nabayluhan it bwenas ag swerte ro akong kadimalason kat akon eon nga pinindot ro app sa akong cellphone ag hakit-an ko ro anang sueod. Kapin eunggid kat nag-cash out eon ako sa Villarica it mabahoe nga kantidad.

Kabay pa nga indi ko hilipatan ang password ag indi ako mabudol sa mga online scams.

KAT NAGWARANG SI ADANG

Nagailig ro maeaba-ab nga tubi halin sa busay ag nagatugpa raya sa alipudwan ni Adang. Haisipan nana nga magpahueum-hueom anay idto sa manabaw nga bahin it suba suma ginaoy imaw it bilinaktas.

Maligwin nga bahin dato it andang baryo ag makakueoeba kon ikaw hay naga-isaeahanon eang. Suno sa mga paeahilong, may hapan-uhan abi kuno idto nga nagapakita nga uko ag may hasip-eatan pa kuno idto nga mangilaw ku nagtaliwan nga ugsad. Pero owa sa hakat ni Adang ro kataeagman sa anang palibot. Malipayon imaw nga nag-eanguy-eangoy.

Gapiyong-piyong gid ro anang mga mata, ginapamatyagan nana ro mainit-init nga tubi nga nagabasa sa anang bug-os nga eawas. Owa't pahuway ro anang balik-balik idto sa busay-busay nga nagatubod.

Maemae ro kakibot ni Adang kat kumatoe ro anang ingkoy paubos sa anang igot. Bakas ro anang kilinaeot ag nagpaeangumang gid imaw. Tumakas si Adang ag tumungtong sa ibabaw it dalipi.

Handom na kunta nga pamantawon ro anang likod ugaling hay indi nana raya makita. Ngani, ginpadayon eon lang nana ro pagkilinaeot.

Nagpaeanghabae ro anang ingkoy ag nagpaeamuea gid ro ay Adang nga likod. Haeok git-ang mayad ro puno it anang dueunggan. Maku matangis imaw sa kakatoe ag halipatan nana nga nagahabilhabil eon gali ro anang mga siki sa anang ginatindugan. Ag gulpi eamang nga nauslog si Adang sa suba.

Sangkurot eang imaw maeumos, mayad eang ngani hay hatukod na eagi ro anang sang ka siki ag nakapamuyot eagi imaw sa butong nga inanod it tubi. Owa pa man imaw it kaibahan. Idto eang si Adang kinuebaan.

Hadugangan pa gid ro pagkubakuba ku anang dughan kat hadumduman nana nga owa gali imaw kaeaong kay Mama na.

Si Ante Lanie, mabuot ag mahugod nga Mama ni Adang. Kaina pa galinibot sa andang baryo. Owa't pahuway sa pag-ilinusoy sa anang unga. "Siin euman baea nagwinarang dato?" mueo-mueo nana.

Tru-adto eon ag nakahakid eon si Manang Duday, ro magueang ni Adang. Kanamiton pa man ro andang suea. Inihaw nga bang-eos.

"Hay Ma, hakit-an mo eon ing mabuot nga unga?" Pabueo-bueo nga pangutana ni Duday kay Mama na. "Owa pa ngani," sabat ni Ante Lanie. "Tao kon siin euman 'to hanaeang?" sugpon pa nana.

"Hay, paalin Ma, nagutom eut-ang," reklamo ni Duday. "Mauna lang kita it ilabas, ah..." hingyo nana kay Ante Lanie.

"Pag-una lang," sabat ni Mama na. "Owa ako it gana."

Kumaon eon si Duday. Kabakas do anang timo it humay ag sige man do anang kaon it inihaw nga bang-eos.

"Ayaw't dali, Day, basi hidunlan ka!" Saway ni Ante Lanie. "Binli't suea ing manghod..."

"Huo ugaling Ma," gamu-ae nga sabat ni Duday. "Pabinlan ko ugaling ing mabuot nga unga!" Dugang pa nana.

Samtang idto mat-a sa suba. Haron euman si Adang. Saeum iya, eunip idto. Paanud-anod. Eangoy-butwa.

Owa imaw it hakat sa anang palibot. Owa nana pagatuha ro pagbag-o it paniyempo.

Nagdueom ro palibot, mabug-at ro eangit. Ga-uean eon sa Ilaya. Mangan-angan hay gabaha. Pero si Adang, bakas gihapon it pinaligos.

Dumaeugdog. Kumilat. Owa sa ay Adang nga hakat. Pero gulpi eamang, imaw hay umungkat...

May mabug-at sa anang ueo. Ano baea rato?

Ana rayang hinulikap ag hakibot gid imaw sa anang habuytan.

Matueutig-a... Magaeas-gaeas... Eumunip imaw it aeang-aeang agud malimpyuhan ro anang ueo. Pagbutwa nana hay makita ro anang pagwangot. Idto eang hadumduman ni Adang nga panahon eon it pagtakas.

Naglingkod imaw idto sa may dalipi ag ginhugom-hugom nana ro anang waea nga alima. Maangtud. Hugom-damog. Maemae it baho. Kahigko.

Maskin makato ro natabo hay buwenas man gihapon si Adang. Dahil pilang ginutlo lang gali parabil mag-abot ro baha.

Owa mabuhayi, hakita ni Adang ro ueo it baha nga nagapadueong. May daea raya nga mga maeagko nga tapi, mga inanod nga sim, mga patay nga sapat, ag mga kalhit.

Maemae ro ay Adang nga pasaeamat. Gakubakuba gid ro anang dughan. Sa oras mismo ngato, nagpromisa imaw sa anang kaugalingon nga indi eon imaw magpueupaligos it uman nga owa it kaibahan.

"Adang... Adang..." Mabatian ro mga limog halin sa maeayo. "Adang... Adang... Siin ka?" Mga limog nga puno it pagkabaeaka.

Makita si Kapitan Turing, ro mahugod nga opisyal it andang baryo, kaibahan sanday Ante Lanie ag si Angkol Randy, ay Adang nga Papa.

"Ma, Pa, iya ako!" Kabakas ro ay Adang nga eak-ang paadto sa mga gausoy kana. Owa man it pahuway ro anang tilinangis.

"Ma, Pa, sorry gid..." Masubo nga panaeambiton ni Adang.

Ag nag-uli sanda sa andang baeay.

KAPUEAHON NGA TUBA IT MAGUEANG

Ako si Moe nga taga-Ilawod. "Mueay" nanda ako tawgon. Suma saeawayon gid mat ang.

Naila gid ako magwinayod pirmi kampin eunggid kon kaibahan ko ro akong mga amigo nga haeos kaeabahan hay paeahilong.

Kon amat hay gapilinanaw kami kon siin-siin ag kon umuli hay nagub eon. Ayawan eang it ilinugtas sanday Lola kang. Ngani, may mga panahon nga owa lang nanda ako ginasapak.

Isaeang adlaw, nanampit ro akong daywang amigo nga mawarang kami sa taeon. Maemae gid ro akong kalipay hay makapanaw euman ako. Gakatoe git'a pa ma't duro ang dapa-dapa!

Ngani, inumpisahan eon namon ro among pagtikang-tikang sa kakugnan. Nagkaeadusmo pa ngani ako hay abong bato sa among inagyan. Tapos hay hadanlog pa ako sa pilapil idto sa kaeanasan nga tinabok namon. Bisan mawra ro nagkaeatabo hay nasadyahan ta kami't duro.

Ro malisod ta kara hay maku tumaeang ta kami kat kami hay pauli eon. Ag truadlaw eot-a pa man.

"Maku owa ma't puno't Gugu iya kaina pag-agi naton, mig?" Pangutana ko sa ang kaibahan.

"Huo ngani, noh?" Sabat man nana.

Padayon eang kami sa among pag-uli kat hasub-eang namon do isaeang ka magueang nga may bitbit nga galon. Bisan maku nakuebaan eon hay minueo ko ro magueang.

"Tay, mayad nga adlaw," mueo ko sa magueang.

"Mayad man nga adlaw, To," sabat nana. "Siin kamo halin, ay?" Dugang na nga pangutana.

"Owa Tay, ah, nag-warang-warang man lang kami, ah," sabat it daywa kong amigo nga haeos dueueungan gid. "Ag pauli eon man kami." Haeos dungan man gihapon sanda't hambae.

"Ay, gali," sabat it magueang. "Pagdahan eang kamo sa daean hay truadlaw da makaron," dugang pa nana. "Palhi abi ag basi hipamaskan kamo," dugang na pa gid. "Abu eon abing humaeok ra eagay! Hehehe..." Dinaskae it magueang nga sa ang pag-eubot hay minatuod.

Matsa hadugangan ang kueba sa hinambae it magueang. Hakita ko man sa mga uyahon it akong daywang ka amigo nga maku habaeo sanda sa kahadlok. Gapueopanagitlon gid sandang daywa samtang nagatueok sa magueang.

"Tay, mangutana kunta ako kon may tuburan iya? Nauhaw eon abi ra ang mga kaibahan ngara, ho!" Bangdanan ko man lang apang ako ta ro ginauhaw it duro.

"Ay, Toto, owa ta't ieimnan iya't tubi," Sabat kakon it magueang.

"Hay ham-a't may sinag-ob ka gali, Tay, kon owa iya't tubi?" Pangutana ko kana. "Haron ho, puno-puno pa ngani ring galon!" Dugang ko pa.

"Ah, raya? Bukon ta't tubi ra, To... Tuba ta ra!" Maabtik nga sabat it magueang. "Basi naila kamo magtueutungga? Musyon idto sa akong payag!" Sampit kamon it magueang nga owa namon pagbalibari.

Mga 50 metros man do among tinikang ag nakaabot kami sa anang maisot nga pueoy-an. Maemae gid ro among pamaehas. Mat mais it eagko ro among hueas!

"Hala, paglingkod anay kamong tatlo, hay tigisan ta kamo... Gabuoe eang ako it baso sa kusina."

Lumingkod kami sa anang butong nga pueongkuan ag nagpahiyo-hiyo.

Mangan-angan hay bumalik eon do magueang ag may daeang tatlong basong tuba. Hatigis eot-a nana ra sa baso ngani maku makangawa-ngawa git-a rayang sitwasyon. Maku indi ako mag-inom apang hakit-an ko ang daywang ka amigo nga bakas ta't tungga ngani akon eon man nga ininom ra ang hueay. Isaea pa hay nataguhaw git-ang eon it duro!

Maka-eaeaway ro tuba nana. Kulay pa eang hay maku gakaeam eon ing tutunlan nga maagyan eon kara. Kapueahon gid ag gabuea-buea pa!

"Abaw, ah, habueong gid ang kauhaw, ah!" Hambae namong tatlo samtang gatueutig-ab. Owa gid ako nagsaea, kanamiton gid man ro tuba it magueang. Maueuapeod ag husto ro katam-ison!

"Tay, kanamiton ing tuba, ah! Saeamat gid!" Pagdayaw ko sa magueang. "Hay, paalin da, Tay? Maamat-amat kami, ah!" Eaong ko kana.

"Sige, To, pagdahan eang kamo," pagsugot nana kamon nga makapanaw eon. "Dali eang gali, pagdaea kamo it tuba hay basi uhawon kamo sa daean!" Dugang pa nana'ng hambae samtang ginatup-ea ro anang mama.

TINUBOG NGA TALIBONG IT TUMAEAGSAHON NGA TUEABONG

Kat nag-eupad-eupad ako sa ibabaw it rayang teritoryo, kaabu-abo akong hataeupangdan nga mga pinasahi ag maku indi hipatihan nga mga tueueukon.

Hakit-an ko nga sa Alta Bass hay may mga robot nga gabantay ag idto mat-a sa Valley T, gaeutaw ro mga baeay ag payag.

Iya eon ako makaron sa Bungee A, may una eot'a gali'ng Nanotech factory sa maeapad nga kaeanasan. Pag-agi ko kaina sa Button, ro Android community hay nagpinalakpak kakon. Gusto nanda akong dakpon ugaling hay owa sanda nagmadinaeag-on.

Gusto kong makita ro Borax Cay, bantog gid abi ra imaw sa time travel tour, ag imaw man do lugar it Burr 1GA hay idto gaistar do tumandok nga cyborg inventor.

Maagi gali anay ako sa Eve Ahoy hay may opisina it A. I. idto ag bati ko hay kanamiton man ro CAL Evo bangud nga imaw da ro sentro it Sci-Fi ag mga intergalactic quest.

Basi likawan ko anay do Lace O, dahil idto ko ginpaubra ro space vehicle it akong igbata, nga owa pa gihapon nahuman it matamad nga mekaniko. Gusto ko man kunta maghapit anay sa Leave-a-cow agud magpahiyo-hiyo ag pagkatapos hay madiretso lang man dayon kunta sa Mad-a-log, ag usuyon ro akong igkampod nga humanoid, dati imaw da nga gaubra idto sa Mac@2, gusto ko imaw makaibahan, mailabas kami it celluloid nga buroe, paborito ko gid da nga mayad.

Sa padayon ko nga pagsueusub-eang sa mabaskug nga hangin hay hasip-eatan ko ro Mal-i nga kasarangan it eayo, ngani haisipan ko nga eampasan eon lang do Mal-E Now. Winaswasan ko it eupad, tub-ok git'a agud makaabot eagi sa NavBuzz, kanami abi idto kuno hambae nanda.

Bisan gaoy ako hay puno ako it kalipay ngani eumupad ako pabalik ag hanaeang sa NU Washing Toon, bumagbag ako ag dumasok sa baeas ro akong saway nga pakpak. Palpak git'a nga mayad!

Buligi ninyo ako! Maka-eueuoy man do akong kahimtangan iya! Nagnuoe gid ako kon ham-a't owa ako nagpundo sa No-Man-Shia, kunta hay owa pa ako nadisgrasya!

***

Raya ro istorya it nagatanga-tanga nga tumaeagsahon nga tueabong nga si Tang Alan nga makaron hay gina-eagnat. Ag ro anang tinubog nga talibong hay nahueog pa sa ga-akae-akae nga suba.

Musyon, maeupad kita ag usuyon naton dato! Daya ro atong misyon makaron!

TAG EAPSAG PA RO PUSONG NGA SI JUAN

May gin-unga eoman sa 'sang ka pampubliko nga ospital...

Dr: Paghuyap nako't tatlo, ibun-a mo't todo-todo, misis, ha! Isaea... daywa... bun-a!

Mrs: (nakanganga eang ag maeain ra panueok sa doktor)

Dr: Hay, misis... Hambae ko, paghuyap ko't tatlo, bun-a eagi...

Mrs: (maku maduea-an it pagginhawa) B*l*t i*a*a, dok! Asta't daywa man lang ing huyap ah!

Dr: B*l*t i*a*a man, misis! Sunod eang baea kang...

Nagtaliwan ro pilang ginutlo...

Dr: Harun eon do ueo, misis! Ayaw't ungkat sa pagbun-a...

Mrs: (umugayong ag tumig-ik it sangkiri ag gulping sinipa ro doktor) Aaahhhh.... Ohhhhh....

Ag idto nag-umpisa ro kabuhi it isaeang ka unga nga maaeam ag but-anan... Imaw ra si... (ops, dali eang gid, mangan-angan pa naton isugid ro anang pangaean) Ah basta, may pagkapusong imaw ra!

Dr: Abaw ah, owa katangis kon... (samtang ginahueuhampak ro buli it eapsag)

Eapsag: (hakibot ngani hatueop nana sa kalimutaw ku doktor)

Dr: (sangkurot eang hibuhian ro eapsag) Aguy ah! Masakit man mana... B*l*t i*a*a nga unga ra! Boksingero ta ra pagbahoe...

Ag inaywanan eang it basta-basta ku doktor nga may black eye ro eapsag sa kilid ku anang mama... Ag gulping gumuwa sa Operating Room...

Mga tawo: (sinub-eang it mabaskog nga hinibayag si dok) Bwahaha! Nyahaha!

Dr: (naugot) B*l*t i*a*o ninyo tanan!

Samtang, sa sueod it OR...

Nars: Misis, alin ring ipangaean sa ing unga ngara?

Mrs: (maku owa't tawo, nagwangot eang)

Nars: May suggestion kunta ako, misis... Sadya nga ipangaean sa eaki hay John, matsa foreign abi imaw, basi foreigner ra Papa kara, mahaba abi at kabahueon ra kinatawo it imong unga, eh!

Mrs: (gulping sumaligbat) Y*** kang nars ka! Paeau*t*g! Alp**!

Nars: (hakibot) Minatuod man ag. Oh, harun oh, gatindug pa ngani eh, ugaling hay maku maeuya ag eupyat.... (natagbueo nga may pagka-sarcastic)

Mrs: (nagwangot euman) Basi puwede man nga Juan eon lang...

Nars: Ah, kon sa bagay, misis, pinoy, ngani manami man ro Juan, kon John abi hay pang-foreign git-a... (humibayag nga halatadong badtrip)

Mrs: (kapin pa gid nga nagwinangot) B*l*t i*a*o kang Nars ka! Owa't eabot ro foreign-foreign ag pinoy-pinoy kara!

Nars: (nangawa) Eh, ham-a't Juan gali ing ipangaean ag bukon it John? Agud maku modern man kunta mana...

Mrs: Juan ang nailaan nga ipangaean sa ang unga... Because... Because....

Nars: Because, alin, misis? Alin git-a ing rason?

Mrs: Juan ang ipangaean kana... Por dahil... Because bangud nga... Sa kadahilanan nga...

Nars: Nga alin, misis?

Mrs: Sa kadahilanan nga... Sambilog eang imaw! (ag gulpi raya nga nalipong)

SIIN EON SANDAY AMAK

Sumuepot ro amamakoe pagkatapos it kilat ag daeugdog. Suno kay Tay Wensing hay daya kuno ro payong it mga maintok nga tinuga nga naga-istar sa kasagingan nga ginakilaea bilang mga Tosilomsi. Indi sanda ra makita it ordinaryo natong panueok maeuwas eamang kon mabasa sanda it tubi.

Ro kilat ag daeugdog hay patimaan nga matugpa ro mabaskog nga uean ngani bago pa raya matabo hay nakapahaum eon ro mga maintok nga tinuga agud mahaeungan do anang mga kaugalingon sa pagtuya-tuya it mga usyoso ag mga marites.

Sa idaeum it isaeang ka amamakoe nga sumuepot hay nagapanilong do pamilya nanday Amak. Sanda ra hay mga tumandok it kasagingan. Dayang kasagingan hay gintawag nanda nga Awnab. Isaeang ka lugar nga inumpisahan pa it andang mga katigueangan iya sa kagumugumuan.

Do papa ni Amak hay isaeang ka hangaway, ngani si Amak ag ro anang daywang ka igmanghod hay nagatuon-tuon eon man kon paalin magbuyot it hinganiban ag panaming. Ro bug-os nanda nga pamilya hay maabtik sa patag it inaway sa taeon.

Sa Awnab hay owa it tubi por dahil owa man gainom ro mga Tosilomsi. Bawae git'a kanda ra nga mayad!

Hay paalin eon da hay pinamudyot ta it igmanghud ni Tay Wensing ro mga amamakoe hay ana kunong eaggaon! Eakman pat'a ra kuno nga pangsuea-suea!

Dikara eon baea matigpo ro pagtubo it mga Tosilomsi?

***

Mayad eang hay nakakita sanday Amak it baeay it anay, isaeang ka bungsod sa kilid it payag-payag nanday Tay Wensing.

Umpisa kato hay idto lang nagtinir do mga Tosilomsi sa bungsod hay mas maeayo sanda sa peligro ag mabuot pa ro mga anay kaysa sa mga tawo. Gintawag nanda raya nga Oronim.

Ro igmanghud mat'a ni Tay Wensing hay humaeok ra alima ag mata. Apang bukon it sa pagbinuoe nana it amamakoe.... Do rason hay sinugod imaw it kutapti nga naga-istar sa puno't saging.

II. Sa Bibi it Akean

Mabuhay nga tiempo nga gin-ukupahan it mga Hapon ro probinsiya it Aklan, kabangdanan agud makabig it mga pumueuyo kara nga parti it andang kultura ro pinasahi nga Binaeaybay it mga Hapones nga kon tawgon hay "Haiku". Rayang sahi it binaeaybay hay may sukat nga 5-7-5 o 7-12-7 kon amat. Ro "Haiku" hay nagasaysay parti sa palibot (nature).

AB-AB

Nagkaeatup-ay

雪崩

Daeahig pati baeay

家と一緒に

Samad ro tulay

橋が破壊された

BAEAS

Raya hay pino
これはスムーズです
Makaeam sa siki ko
足元をくすぐる
Maliya to o
こちらへ来てください

BAESA

Musyon, sakay eon

さあ、乗ろう

Suba, atong tabukon

川を渡ります

Daea, tus-unon

荷物を持ち上げて運ぶ

W. J. Manares

BAKUEOD

Balinghoy, mani

キャッサバ、ピーナッツ

Ginasuka it ati

ネイティブの人が耕作

Nga mananggiti

それはココナッツワインを手に入れます

BAHA

Kadaeum euman

また奥が深い

Eumapaw eon do Akean

アクラン川はすでに氾濫しました

Sigeng' inuean

まだ雨が降っています

BUTONG

Ro among baesa

私たちのいかだ

Nga ay Lolong' inubra

祖父が建てた

Nahuman kara

この原料で

EUMOS

Owa kabutwa

二度と見られない

Ro eumunip nga unga

潜った子供

Idto sa suba

川の中

MADAEUM

Eampas da katon

それは私たちの頭の上にあります

Ayaw't tabok makaron

すぐに渡らないでください

Angan-anganon

たぶん後で

Pilang ka Sugid-sugid sa Bibi it Akean

MANABAW

Dueudaeagan

あちこちに走ります

Maea-maea ro Akean

アクラン川は乾燥しすぎている

Owa't masakyan

いかだは渡れない

TABOK

Idto sa pihak

反対側にあります

Sa kakugnan gahueat

草むら部分で待っている

Makagaeanyak

ワクワク

Pilang ka Sugid-sugid sa Bibi it Akean

TUBI

Basa eon ako

私は濡れています

Gatubod ag gatueo

流れと滴り

Suba hay puno

川がいっぱいです

Kon naila ka makipagkilaea sa nagsueat hay pwede mo imaw maabot paagi sa:
Messenger: willerjunaranetamanares
Facebook: AuthorWJManares
Instagram: WJManares
Twitter: WJManares
Tiktok: @wjmanares
Goodreads: W.J. Manares
LinkedIn: W. J. Manares
Discord: W. J. Manares, Author #3068
Blogsite: wastesjunksandmesses.blogspot.com
Email: wastesjunksandmesses@gmail.com

About the Author

W. J. Manares

Si W. J. Manares (Willer Jun Araneta Manares) hay isaeang ka manunueat nga Akeanon. May 17 eong' Libro (2 kara hay sa linggwaheng Aklanon) ag sigidas pa ro anang sieinueat. Lehitimo nga miyembro ku pang-pito nga henerasyon it Familia Araneta sa Pilipinas. Naila imaw magbieinasa, magsieinueat it abernano una, ag mangulekta it mga libro. Nailaan gid nana it duro ro mga inubrahan ku Superstar nga si Piers Anthony, kapin eunggid ro sinueat nana kara nga "Ogre, Ogre," "Bio of an Ogre" ag "But What of Earth?" nga nagpabag-o sa anang panan-aw sa kabuhi.

www.ingramcontent.com/pod-product-compliance
Lightning Source LLC
LaVergne TN
LVHW041557070526
838199LV00046B/2023